Der Schauplatz

Wir befinden uns in Groß'
lichen kleinen Örtchen we
„Dreary Hills", das malerl
Cotswolds gebettet liegt.

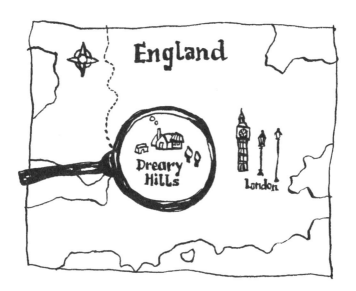

Auf dem *village green* in der Ortsmitte findet das
alljährliche Dorffest zum Ausklang des Sommers statt.

Wie immer haben viele Bewohner des Dorfes zur
Gestaltung des Festes beigetragen: Kuchen und
Torten sind gebacken worden, selbstgemachte Limo-
nade, Liköre und Cocktails werden ausgeschenkt, eine
Tombola ist organisiert worden, und es gibt zahlreiche
Stände zur Belustigung aller. Auch ein Inspektor und
sein Sergeant haben sich unter die Schaulustigen
gemischt – außerdienstlich, versteht sich.

Was wissen Sie über das englische Dorffest?

Ein breites Allgemeinwissen ist für einen guten Ermittler unerlässlich. Hier können Sie Ihre Kenntnisse über eine traditionelle englische Veranstaltung testen, während Inspector Broody und Sergeant Slim über selbige schlendern.

1. Welcher britische TV-Serienheld ermittelt besonders oft auf englischen Dorffesten?
    a) Inspector Lynley
    b) Inspector Lewis
    c) Inspector Barnaby

2. Wie heißt das oft auf *village fêtes* gespielte traditionelle Spiel, bei dem eine Kugel auf einem Stock mit Stöckchen beworfen wird?
    a) Uncle Sam
    b) Aunt Sally
    c) Bob's my Uncle

3. Welches Hauptanliegen steckt hinter vielen Dorffesten?
    a) das Sammeln von Spenden für die Wohlfahrt
    b) die Präsentation lokaler Produkte
    c) der Verkauf von Haustieren im Rahmen der „pet shows"

Lösung:

1. Es ist Inspector Barnaby, der sich übrigens in Folge 18 („Morden, wenn die Blätter fallen") als sehr guter „Aunt Sally"-Spieler erweist.

2. Das Spiel heißt „Aunt Sally" (Tante Sally). Es wird traditionell in Pubs und auf Festen in Mittelengland gespielt. Tante Sally war ursprünglich der modellierte Kopf einer älteren Frau mit einer Pfeife im Mund und es galt, die Pfeife zu treffen.

3. Das Sammeln von Spenden für gute Zwecke ist traditionell einer der Hauptanlässe für Dorffeste.

Das Geschehen

Der Höhepunkt des diesjährigen Dorffestes in Dreary Hills ist der Wettbewerb „Der schönste Wollschal von Dreary Hills". Der Preisrichter ist, wie jedes Jahr, der Immobilienberater John Fitzroy. Er begutachtet alle 23 Exponate gewissenhaft und verkündet um Punkt 16.00 Uhr die Gewinnerin: Es ist die 27-jährige Lydia Pritchard. Während er der strahlenden Gewinnerin mit sichtlichem Genuss zwei Küsschen auf die Wange und eine Champagnerflasche in die Hand drückt, können seine Frau, Elvira Fitzroy, und die Gewinnerin der letzten fünf Strickwettbewerbe, Samantha Davies, sich nur eine säuerliche Grimasse abringen.

Anschließend werden die Exponate wie jedes Jahr für einen guten Zweck versteigert. Auf alle Ausstellungsstücke wird fleißig geboten – nur den Schal von Lydia Pritchard will offenbar niemand haben.

Um 17.30 Uhr verlässt Lydia Pritchard mit Schal und Champagner das Dorffest. Um 19.40 Uhr bemerken die Nachbarn von Lydia, Mr. und Mrs. Bucket, dass Lydias Hund, eine englische Bulldogge, anhaltend bellt. Als er das um 19.50 Uhr immer noch tut, betreten sie das Nachbargrundstück, um nach dem Rechten zu sehen. Auf ihr nachdrückliches Klingeln kommt keine Reaktion, daher laufen sie durch den Garten und schauen von hinten durch die geschlossene Balkontür ins Wohnzimmer. Auf dem Fußboden liegt Lydia Pritchard – und um den Hals trägt sie ihren frisch prämierten Schal.

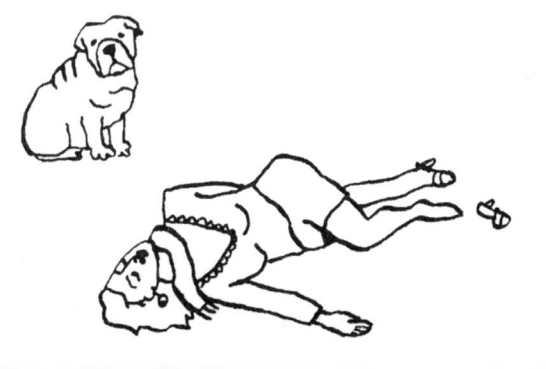

Haben Sie gut aufgepasst? Können Sie diese Fragen beantworten? Schreiben Sie die Antworten darunter.

1. Wie viele Exponate wurden für den Wettbewerb eingereicht?

2. Worin besteht der Erste Preis?

3. Um wieviel Uhr verlässt Lydia Pritchard das Fest?

4. Wie heißt der Hund von Lydia Pritchard?

Lösung:

1. Es sind 23 Schals.
2. Eine Flasche Champagner.
3. Um 17.30 Uhr.
4. Der Name des Hundes wurde nicht erwähnt - nur die Rasse.

Die Ermittler

„Immer sonntags oder nach Feierabend!", brummelt Inspector Broody verärgert und schiebt seinen Kartoffelauflauf zurück in den Ofen. Eigentlich hat er sich in der Hoffnung aufs Land versetzen lassen, dort einen geruhsamen Arbeitsalltag verbringen zu können. Leider hat sich sein vermeintlich idyllischer Dienstort nach kurzer Zeit als wahre Brutstätte für Kapitalverbrechen entpuppt. Nach einem letzten wehmütigen Blick auf seinen Fernsehsessel verlässt Inspector Broody das Haus. Aber immerhin kann er sich ganz entspannt zu Fuß zum Tatort begeben.

Dort wartet schon Sergeant Slim auf ihn, sein junger und eifriger Kollege. „Erdrosselt, Sir!", sagt er und weist auf die Leiche. „Mit dem Ersten Preis." Er nickt anerkennend. „Wirklich hübsch!" Inspektor Broody runzelt die Stirn. „Sprechen Sie von dem Schal oder von der Toten?"

Das Opfer

Sergeant Slim errötet, räuspert sich und zückt schnell seinen Notizblock. „Lydia Pritchard, 27 Jahre alt, ledig, keine Kinder, ein Hund", liest er vor. „Übrigens eine merkwürdige Wahl für eine Frau, finden Sie nicht, Sir?" „Was – Hund statt Kind?" Inspector Broody hebt die Augenbrauen. „Nein, äh, die englische Bulldogge, Sir." Sergeant Slim wird noch ein wenig verlegener. „Was will sie wohl mit einem Kampfhund?" „Vielleicht brauchte sie Schutz." „Da hat er aber versagt, Sir, was?" „Sonst noch was?", fragt Inspector Broody. „Sie hat seit Anfang August dieses Cottage hier von den Pennymans gemietet. Arbeitet halbtags als Verkäuferin in einer Boutique in Upper Wolston." „Aha!" Inspector Broody mustert versonnen die Leiche. „Die scheinen ja gut zu zahlen! Irgendwelche Familienangehörige zu benachrichtigen?" „Eine Mutter in Southampton", antwortet Sergeant Slim. „Der Vater ist vor 15 Jahren gestorben." „Wer hat sie gefunden?" „Der Hund, Sir!" Inspector Broody seufzt.

Die Zeugen

Anthony Bucket (72) und **Celia Bucket** (70)
Verheiratet, beide pensionierte Buchhändler, hatten
früher die Buchhandlung am Marktplatz, Nachbarn
der Pennymans, deren Cottage nun an Lydia Pritchard
vermietet ist. Gartenliebhaber.

Inspector Broody begrüßt die beiden Zeugen, die
im Garten auf einer Bank sitzen. Mrs. Bucket wirkt
blass und schnäuzt sich die Nase, Mr. Bucket ist völlig
ungerührt.

Mrs. B.: Das arme Kind!

Mr. B.: Jetzt kann Johnny Fitzroy schon wieder einen neuen Mieter suchen!

Mrs.B.: Also wirklich, Anthony!

Mr.B.: Auf jeden Fall wird Charlie Brennigan sich jetzt freuen – der wollte das Cottage doch auch unbedingt haben!

Broody: War Mr. Fitzroy mit der Vermietung des Cottages beauftragt? Dann kannte er Miss Pritchard also schon vor der Preisverleihung?

Mr. B.: Das kann man wohl sagen! Er ging hier ein und aus.

Mrs. B.: Du übertreibst! Er hat sie ein paarmal besucht.

Broody: Wissen Sie, weshalb?

Mrs. B.: Nun, ich nehme an, aus demselben Grund, aus dem die anderen Männer sie auch besucht haben.

Broody: Was waren das für Männer?

Mrs. B.: Der Sohn vom Fliesenleger, Peter Boyle. Der war ziemlich oft da.

Mr. B.: War schon immer ein Nichtsnutz.

Mrs. B: Ihr Vater ist regelmäßig vorbeigekommen.

Broody: Ihr Vater?

Mrs. B.: Ja, ihre Mutter ist ja vor Kurzem gestorben und ihr Vater fühlte sich seitdem sehr einsam. Deshalb kümmerte sie sich um ihn. Die beiden standen sich wohl sehr nahe. Der Ärmste! Das wird ihn schwer treffen.

Mr. B.: Daddy bezahlt wohl auch das Cottage. Geld hat er, das sieht man. Teuer gekleidet, fährt einen Jaguar mit

Londoner Kennzeichen. Ich habe es mir notiert, falls es Sie interessiert. Man kann ja nie wissen.

Broody: Ja, besten Dank. Hatte Miss Pritchard mit irgendeinem dieser Männer ein Verhältnis?

Mr. B.: Hoffentlich nicht mit ihrem Vater.

Mrs. B.: Anthony! Woher sollen wir das wissen, Inspector? Wir liegen nicht mit dem Fernglas auf der Lauer und beobachten ihr Schlafzimmer!

Broody: Hatte sie Feinde?

Mr. B.: Ich denke, dass Mrs. Fitzroy nicht besonders gut auf sie zu sprechen war.

Broody: Bekam sie auch Besuch von Frauen?

Mrs. B.: Letzte Woche kam eine Frau vorbei. Lange Haare. Ich habe sie nicht genau gesehen.

Broody: Bitte schildern Sie genau, wann und wo Sie Miss Pritchard heute gesehen haben.

Mrs. B.: Zuerst auf dem Sommerfest. Sie hat ja den ersten Preis gewonnen. Wir haben vorher kurz mit ihr gesprochen, sind dann aber gleich danach gegangen. Da war sie noch da.

Mr. B.: So gegen Viertel vor sechs haben wir sie ins Haus gehen sehen.

Broody: Hatte sie etwas bei sich?

Mrs. B.: Eine große Tasche, sie hatte wohl einiges gekauft. Und die Flasche Champagner.

Broody: Und der Schal?

Mrs. B.: Ja, ist der denn nicht versteigert worden?

Mr. B.: Sie ist beinahe sofort wieder herausgekommen und mit ihrem Hund gegangen. Um halb sieben kam sie wieder.

Mrs. B.: Da saßen wir gerade beim Abendbrot. Wir essen immer um halb sieben, wissen Sie, Inspector.

Mr.B.: Danach haben wir ferngesehen. Und dann bellte plötzlich ihr Fiffi.

Broody: Zwischen 18.30 Uhr und 20.40 Uhr haben Sie nichts beobachtet?

Mrs. B.: Während wir zu Abend gegessen haben, hat er noch mehrmals gebellt. Nach sieben war er dann ruhig. Normalerweise ist es ein ruhiger Hund.

Broody: Wissen Sie, mit wem Miss Pritchard auf dem Dorffest gesprochen hat?

Mrs. B.: Da fragen Sie am besten die Frau des Vikars.

Mr. B.: Was passiert denn jetzt mit ihrem Hund? Sollen wir ihn in Pflege nehmen?

Broody: Wir kümmern uns darum.

Aus diesem Gespräch ergeben sich bereits einige mögliche Motive für einen Mord und eine Ungereimtheit. Spielen Sie Kommissar und notieren Sie alle Verdächtigen, die Sie verhören würden.

_____
_____
_____
_____
_____
_____
_____
_____
_____
_____
_____

Auf der Rückseite finden Sie die Notizen von Sergeant Slim.

Vernehmen / Alibi überprüfen

Mr. Fitzroy - heiml. Aff.
　　　　　　 - Eifersucht, Affekt

Mrs. Fitzroy - ditto

Charlie Brennigan - Cottage

Peter Boyle - Affäre
　　　　　　 - Eifersucht, Affekt

Älterer Herr mit Jaguar
　　aus London
　　　　Kennzeichen: LA 10 UVP
→ Identität klären (Vater? Vater tot!)

Besucherin von außerhalb
　　　　　 - Identität klären

Der Tatort

„Der Arzt sagt, Miss Pritchard war schon ungefähr eine Stunde tot, als er sie untersucht hat", bemerkt Inspector Broody, nachdem Mr. und Mrs. Bucket gegangen sind. „Damit können wir den Zeitpunkt des Mordes ziemlich genau eingrenzen. Nämlich zwischen 18.30 und 19.30 Uhr. Was wissen wir über den Tatort?" Sergeant Slim blättert in seinem Notizblock. „Alle Türen waren verschlossen", berichtet er. „Das Haus war penibel aufgeräumt, keine Spuren eines Einbruchs oder Diebstahls. Auch im Wohnzimmer keine Spuren eines Kampfes." „Was schließen Sie daraus?" „Sie hat Ihren Mörder selber reingelassen und war völlig überrascht von seinen unerwarteten Absichten, Sir?" Inspector Broody lächelt. „Sonst noch was, Sergeant?" „Auf dem Küchentisch steht eine große Tasche, in der sich mehrere Gläser selbstgemachte Marmelade, ein Armband, zwei Kerzen, eine Flasche selbstgemachter Likör, ein Häkeldeckchen und eine Tüte mit selbstgebackenen Keksen befanden. Alles vom Dorffest, Sir!" Sergeant Slim strahlt. „Ich frage mich, warum sie es auf dem Tisch hat stehen lassen", überlegt Inspector

Broody. „Sie scheint mir doch eher der zwanghaft ordentliche Mensch zu sein." „Weil sie sofort mit dem Hund gegangen ist", vermutet Sergeant Slim. „Und als sie zurückgekommen ist, traf sie gleich auf ihren Mörder!" Inspector Broody nickt. Der Sergeant folgt dem Inspektor in die Küche und beobachtet verwundert, wie der zunächst die Utensilien auf dem Küchentisch betrachtet, alle Schränke und den Kühlschrank öffnet und schließlich den Hundefutternapf untersucht. „Der Hund ist gefüttert worden!", bemerkt Inspector Broody schließlich. „Aber die Sachen liegen noch hier." Er schüttelt den Kopf. „Und etwas fehlt." „Fehlt, Sir?" Aber Inspector Broody ist schon zur Tür hinaus.

Was ist Inspector Broody aufgefallen?

Dem Inspektor ist aufgefallen, dass die Champagnerflasche fehlt.

Im Haus des Vikars

Inspector Broody und Sergeant Slim machen sich auf den Weg zum Haus des Vikars. Während Mr. Fielding an einer Predigt schreibt, serviert Mrs. Fielding den beiden Polizisten im Wohnzimmer ein Glas Saft.

Broody: Was können Sie uns über Miss Pritchard sagen?

Mrs. F.: Sie war ja noch nicht lange hier, aber auf dem Dorf hat man es natürlich schwer, wenn man so jung und hübsch und nicht verheiratet ist.

Broody: Hatte sie Freunde oder Bekannte hier? Engagierte sie sich in der Gemeinde?

Mrs. F.: In der Kirche habe ich sie nie gesehen, und auch bei meinen Nähkränzchen und Lese-Zirkeln ist sie nicht aufgetaucht. Sie blieb wohl insgesamt ziemlich für sich. Im Dorfladen und an der Post traf man sie manchmal, und natürlich mit ihrem Hund. Sie grüßte immer sehr freundlich.

Broody: Was dachten die anderen Dorfbewohner über sie?

Mrs. F.: Ich tratsche nicht, Inspector.

Broody: Natürlich nicht, Mrs. Fielding. Es erscheint mir nur verwunderlich, dass niemand ihren Schal ersteigern wollte. Er war doch sehr hübsch.

Mrs. F.: Nun ja, ich denke, sie hat sich nicht gerade beliebt gemacht.

Broody: Inwiefern?

Mrs. F.: Nun, sie ... äh ... wirkte sehr einladend auf Männer, wenn sie verstehen, was ich meine. Mr. Fitzroy ist häufiger bei ihr gesehen worden und das hat Gerede gegeben.

Broody: Verstehe! Und nun hat er ihr auch noch den ersten Preis gegeben!

Mrs. F.: Bisher hat ja immer die gute Esther unsere Handarbeitswettbewerbe gewonnen. Allerdings hatte sie auch noch nie so gutaussehende Konkurrenz. Ich nehme an, Mr. Fitzroy wollte einmal jemand anderen küssen.

Broody: Gab es denn noch andere Bewerber um die hübsche Miss Pritchard?

Mrs. F.: Da wäre noch der junge Boyle, dem sie den Kopf verdreht hat. Er ist ganz vernarrt in sie.

Broody: Sind die beiden sich auch näher gekommen?

Mrs. F.: Also wirklich, Inspector, woher soll ich das denn wissen?

Broody: Mit wem hat Miss Pritchard denn auf dem Dorffest gesprochen?

Mrs. F.: Nun, wir haben uns ziemlich lange unterhalten.

Broody: Worüber?

Mrs. F.: Ach, so dies und das. Sie ist wohl in New York aufgewachsen. Man hört es allerdings nicht. Man könnte meinen, sie sei aus Southampton.

Broody: Mit wem hat sie noch gesprochen?

Mrs. F.: Natürlich habe ich nicht den ganzen Nachmittag damit verbracht, sie zu beobachten, Inspector! Aber sie hat auch länger mit Mr. Fitzroy gesprochen, und ich habe gesehen, dass sie mit Peter eine kleine Meinungsverschiedenheit hatte. Jedenfalls versuchte sie wohl, ihm aus dem Weg zu gehen, und er hielt sie am Arm fest, worauf sie ihn abschüttelte und ein paar verärgerte Worte gewechselt wurden. Ich weiß allerdings nicht, worum es dabei ging, falls Sie das jetzt fragen wollen.

Broody: Und nach der Versteigerung?

Mrs. F.: Nach der Versteigerung ist sie gleich gegangen. Hat sich ihren Schal geschnappt und ist ziemlich wütend davonmarschiert. Man kann es ihr nicht verdenken.

Detektivroman-Rätsel

Während Inspector und Sergeant sich auf den Weg zu den nächsten Verdächtigen machen, dürfen Sie sich mit einem Rätsel zerstreuen.

1. Englischer Pfarrer
2. Hund mit Vornamen Jack
3. Inspektor aus der Feder von Ruth Rendell
4. Lieblingshund der Englischen Queen
5. Adelstitel von Peter Wimsey
6. Vorname eines legendären Detektivs
7. Findet sich in jedem britischen Krimidorf
8. mörderische Gegend in England
9. Englische Hunderasse von zweifelhaftem Ruf
10. Kapitalverbrechen
11. Eine der sieben Todsünden
12. Veranlassung
13. Ermittler
14. englische Bezeichnung für ein kleines Landhaus

Die Buchstaben in den getönten Feldern ergeben, in die richtige Reihenfolge gebracht, eine Stadt am Rande der Cotswolds.

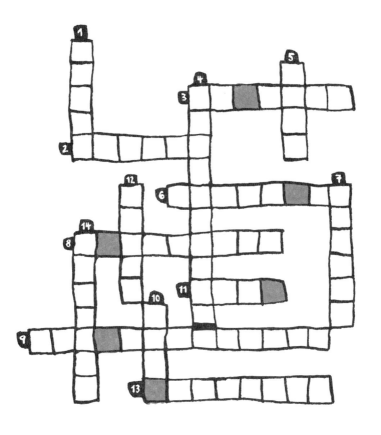

Lösungswort

Lösung

1. Vikar
2. Russel
3. Wexford
4. Welsh Corgi
5. Lord
6. Sherlock
7. Kirche
8. Cotswolds
9. Staffordshire
10. Mord
11. Gier
12. Motiv
13. Detektiv
14. Cottage

Lösungswort: Oxford

Der Preisrichter

John Fitzroy ist ein korpulenter Mann in den Fünfzigern, dessen Gesicht an diesem Abend vom Alkohol leicht gerötet ist. Obwohl er während des Interviews ins Schwitzen gerät, kehrt er den selbstbewussten Manager heraus.

Broody: Mr. Fitzroy, Sie haben heute Miss Pritchard den ersten Preis für ihren selbstgestrickten Schal zuerkannt ...

J.F.: Hat Esther Sie wegen Bestechung alarmiert?

Broody: Wie kommen Sie darauf?

J.F.: Kleiner Scherz. Es ist nicht gut aufgenommen worden, dass ich gegen die Regeln verstoßen habe.

Broody: Die da wären?

J.F.: Dass nur Dorfbewohner, die sich um die Gemeinde verdient gemacht haben, Wettbewerbe gewinnen dürfen.

Broody: Aber Sie wollten ausnahmsweise den schönsten Schal prämieren?

J.F.: So ungefähr.

Broody: Oder doch die schönste Frau?

J.F.: Kein Kommentar.

Broody: Miss Pritchard ist ermordet worden.

J.F.: Das ist ja furchtbar!

Broody: Sie haben Miss Pritchard offenbar des Öfteren zu Hause besucht.

J.F.: Rein beruflich. Ich verwalte im Auftrag der Pennymans das Cottage und sie hatte im Nachhinein noch einige Fragen.

Broody: Und dafür waren Hausbesuche erforderlich?

J.F.: Es geht Sie nichts an, wie ich mein Geschäft betreibe.

Broody: Hatten Sie ein Verhältnis mit Lydia Pritchard?

J.F.: Natürlich nicht.

Broody: Haben Sie ihr den ersten Preis zugedacht, weil Sie gerne eins mit ihr gehabt hätten? Waren Sie heute Abend bei ihr und haben Champagner getrunken?

J.F.: Nein, ich war im Pub und habe Bier getrunken. Und zwar bis 20.00 Uhr. Danach bin ich nach Hause.

Broody: Und Ihre Frau?

J.F.: Meine Frau? Die ist im Festkomitee – ich nehme an, sie hat aufgeräumt mit den anderen Mitgliedern. Fragen Sie sie am besten selbst. Sie schläft allerdings schon. Und das möchte ich jetzt auch tun – daher möchte ich Sie bitten, zu gehen.

Die Aussage von Peter Boyle

Peter Boyle nimmt die Nachricht von Miss Pritchards Tod mit scheinbarer Fassung hin. Tatsächlich wirkt er im Gespräch nervös und verhaspelt sich manchmal.

Broody: In welchem Verhältnis standen Sie zu der Toten?

P.B.: Wir hatten Sex, falls Sie das meinen; und wir sind manchmal zusammen mit den Hunden spazieren gegangen. Sonst nichts.

Broody: Was war Miss Pritchard für ein Mensch?

P.B: Wenn Sie mich fragen, ganz schön verkorkst.

Broody: Inwiefern?

P.B.: Die Geschichten, die sie immer erzählte. Und dann dieser alte Knacker, der sie immer besuchen kam und einen auf Playboy machte.

Broody: Hatte sie auch Sex mit dem alten Knacker?

P.B.: Keine Ahnung. Mir hat sie erzählt, es sei ihr Vater. Bullshit.

Broody: Warum sollte sie lügen?

P.B.: Um mehrere Eisen im Feuer haben zu können?

Broody: Gab es neben Ihnen und dem alten Herrn noch andere Eisen?

P.B.: Klar, den Immobilienfuzzi.

Broody: War das der Grund, weshalb Sie sich mit Lydia Pritchard auf dem Dorffest gestritten haben?

P.B.: Wir haben uns nicht gestritten.

Broody: Sie sind aber dabei gesehen worden.

P.B.: Na schön, sie ist pampig geworden. Wollte plötzlich nicht mehr.

Broody: Sie hat Sie abserviert?

P.B.: Mit Kritik konnte sie gar nicht umgehen. Sie benutzte die Männer nur, um ihr Ego zu kitzeln. Und von Hunden verstand sie auch nichts.

Broody: Wo waren Sie heute zwischen 18.30 und 21.00 Uhr?

P.B.: Von 18.30 bis 19.30 Uhr war ich mit meinem Hund spazieren. Danach zu Hause.

Broody: Kann das jemand bezeugen?

P.B.: Fragen Sie meinen Hund!

Inspector Broody wirft einen skeptischen Blick auf das Tier und sagt: „Ich denke, darauf werden wir verzichten."

Hunde, Hunde!

Finden Sie sieben britische Hunderassen! Suchen Sie waagerecht, senkrecht, diagonal, von links nach rechts und von rechts nach links.

```
U J L A S W E A Y O E G
Y A K T M O I L R B O A
P C E L G A E B E R D I
H K B P E N N A D O U R
Q R G R E Y H O U N D E
A U S U S T N R O U R D
S S E T O S I E E K V A
M S Y D E M Q Y A M O L
I E S T R A E N B Z D E
V L T Z S H E L T I E L
Y E I K A L U S A T Y S
R E I G R O C H S L E W
```

Angst, Eifersucht, Gier, Hass, Jähzorn, Vergeltung, Vertuschung

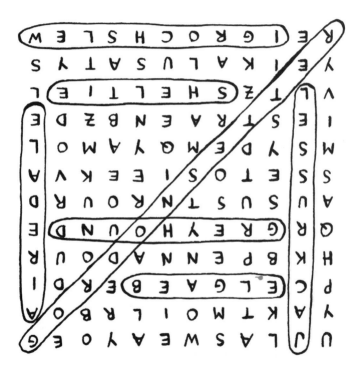

Lösung

Erste Ermittlungsergebnisse

 „Nun, was haben wir?", fragt Inspector Broody mit ungewohntem Elan, als er am nächsten Tag sein Team zur Besprechung zusammenruft. „Die Obduktion hat nicht viel Neues ergeben", meldet sich Constable Michael Harding. „Tod durch Erwürgen und zwar zwischen 18.30 und 19.00 Uhr. So gut wie kein Mageninhalt – sie hatte wohl schon länger nichts mehr gegessen. Kein Blutalkohol." „Die Spurensicherung", fährt Lucy Burnes fort, „hat auch nicht viel gefunden. Alles war sauber abgewischt. Nur ein paar alte Fingerabdrücke von Lydia Pritchard. Die Champagnerflasche ist definitiv verschwunden. Keinerlei Nachrichten auf dem AB."

„Was die Alibis angeht: Mr. Fitzroy war tatsächlich bis 20.10 Uhr im Pub und Mrs. Fitzroy war bis 18.30 Uhr mit der Vikarsfrau und einigen anderen im Gemeindehaus, für die Zeit danach hat sie kein Alibi. Peter Boyle ist zwar gegen 19.30 Uhr mit seinem Hund gesehen worden, allerdings ganz in der Nähe von Lydia Pritchards Haus. Also kein Alibi. Außerdem hat ihn heute Morgen jemand gesehen, wie er bei Lydia Pritchard geklingelt hat – da war der Jaguar noch da. Charlie Brennigan war definitiv von 18.00 bis 21.00 Uhr im Pub, von mehreren Leuten bestätigt."

„Die Überprüfung der Finanzen von Lydia Pritchard", meldet sich schließlich Sergeant Slim, „hat ergeben, dass sie ein bescheidenes Einkommen aus ihrem Halbtagsjob in der Boutique erzielt. Die Miete für das Cottage wird vom Konto eines Thomas Dalton, wohnhaft in London, überwiesen. Darüber hinaus geht eine Summe von 500 Pfund jeden Monat auf das Konto von Lydia Pritchard ein, die ebenfalls von Thomas Dalton überwiesen wird."

„Und wer ist dieser Thomas Dalton?", fragt Inspector Broody. Sergeant Slim strahlt plötzlich wie Santa Claus vor der Bescherung. „Unser Wochenend-Besucher, Sir! Der Jaguar ist auf ihn zugelassen." „Dann sind jetzt zwei Besuche fällig", fasst Inspector Broody zusam-

men. "Einer in London und einer in Southampton."
"Eins finde ich übrigens seltsam, Sir!", meldet sich Sergeant Slim noch einmal. "Laut Obduktionsbericht ist Lucy Pritchard zwischen 18.30 und 19.00 Uhr gestorben. In dieser Zeit hat der Hund auch gebellt. Aber dann hat er erst wieder um 19.40 Uhr Alarm geschlagen. Was hat er in der Zeit dazwischen gemacht? Und warum hat er den Täter nicht angefallen? Ein Kampfhund würde doch nicht seelenruhig dabei zusehen, wie sein Frauchen abgemu ... äh ... ermordet wird?" "Englische Bulldoggen sind keine Kampfhunde", klärt Lucy Burnes ihn auf. "Sie sind sogar ziemliche Sensibelchen und gar nicht aggressiv." "Trotzdem eine sehr gute Beobachtung, Slim!", lobt Inspector Broody.

Ein wohlsituierter Herr

Thomas Dalton entpuppt sich als rüstiger Sechzigjähriger, der in einem gediegenen Viertel in London in einer schönen Altbauwohnung wohnt. Die Nachricht von Lydia Pritchards Tod scheint ihn tief zu erschüttern. Er entschuldigt sich und verschwindet kurz, um sich zu fassen. Währenddessen schauen sich der Inspector und sein Sergeant in dem geräumigen Wohnzimmer um. An der Wand über einem kleinen Beistelltisch, auf dem sich Flaschen mit alkoholischen Getränken befinden, hängen mehrere Fotografien. Inspector Broody studiert sie genau. Auf keinem der Bilder ist Lydia Pritchard zu sehen; einige zeigen Thomas Dalton mit einer etwa gleichaltrigen Frau und einem jungen Mann; einige zeigen einen Jungen; eins den jungen Mann mit einem Hund.

Als Thomas Dalton ins Wohnzimmer zurückkehrt, spricht Inspector Broody ihn auf die Fotos an.

Broody: Ist das Ihr Sohn, Mr. Dalton?

Th.D.: Ja, das ist mein Sohn Jeremy. Er geht auf die Universität in Oxford. Das Foto ist kurz vor seiner Abreise nach China aufgenommen worden.

Broody: Was macht er in China?

Th.D.: Ich habe ihm dort eine Praktikantenstelle besorgt.

Broody: In welcher Beziehung standen Sie zu der Toten?

Th.D.: Sie war meine – meine Geliebte. Ja, so sagt man das wohl.

Broody: Seit wann?

Th.D.: Ich habe sie kurz nach dem Tod meiner Frau – letztes Jahr – auf einer Promotion-Veranstaltung meiner Firma kennengelernt. Sie arbeitete dort als Hostess.

Broody: War das hier in London?

Th.D.: Ja, das war in London.

Broody: Was war sie für ein Mensch?

Th.D.: Nun, sie war zum einen eine sehr attraktive junge Frau. Auf der anderen Seite war sie sehr leicht zu beeindrucken und manchmal geradezu unsicher, dabei sehr warmherzig. Angenehme Gesellschaft, eine gute Zuhörerin, und für einen älteren Herrn wie mich ein echter Trost.

Broody: Was machte sie beruflich?

Th.D.: Sie kommt ... kam wohl aus eher bescheidenen Ver-
hältnissen, hat es aber geschafft, ein Studium in Exeter zu
beginnen. Durch den plötzlichen Unfalltod ihrer Eltern wurde
sie derartig aus der Bahn geworfen, dass sie das Studium
abbrach und sich seitdem mit Gelegenheitsjobs über Wasser
hielt. Ich habe versucht, ihr Halt zu geben und sie davon zu
überzeugen, das Studium wieder aufzunehmen, aber bisher
hat sie sich ... ich meine ... entschuldigen Sie ...

Broody: Und warum wohnte Miss Pritchard dann nicht bei
Ihnen oder in London, sondern allein in einem Cottage in
einem abgelegenen Dorf? Ist das nicht etwas seltsam unter
diesen Umständen?

Th.D.: Sie wollte es so. Sagte, ein Jahr Rückzug aus dem
Großstadttrubel würde ihr vielleicht helfen, sich darüber klar
zu werden, was sie tun möchte.

Broody: Sie überlegt schon recht lange, nicht wahr?

Th.D.: Nun, es ist sicher keine einfache Entscheidung für
eine so junge Frau, einen so viel älteren Mann zu heiraten.
Aber ich bin mir sicher, sie hätte sich dafür entschieden.

Broody: Sie haben sie gebeten, Sie zu heiraten?

Th.D.: Ja.

Broody: Und wie hat sie darauf reagiert?

Th.D.: Sie hat sich Bedenkzeit ausgebeten.

Broody: Was sagt Ihr Sohn dazu?

Th.D.: Lydia hat sich wirklich sehr um ihn bemüht. Sie hat sogar seinen Hund zu sich genommen, als er nach China gegangen ist.

Broody: Wo ist Ihr Sohn jetzt?

Th.D.: Er ist seit zwei Wochen wieder hier und wird im Oktober sein Studium in Oxford fortsetzen.

Broody: Mr. Dalton, wissen Sie etwas über Freunde oder Verwandte von Miss Pritchard? Können Sie sich vorstellen, dass einer von ihnen einen Grund haben könnte, sie umzubringen?

Th.D.: Familie hatte sie ja nicht mehr – sie hat auch keine Geschwister – und von ihren Freunden habe ich bisher noch niemanden kennengelernt.

Broody: Aber Sie kannten sich doch schon seit gut einem Jahr!

Th.D.: Tja, wissen Sie, es hat sich irgendwie nicht ergeben. Und sie dachte wohl auch, dass ich wegen des großen Altersunterschieds nicht viel mit ihren übrigen Freunden anfangen können würde.

Broody: Verstehe. Ich muss Sie trotzdem fragen, wo Sie gestern Abend zwischen 18.00 und 20.00 Uhr waren.

Th.D.: Ich fühlte mich nicht gut, deshalb bin ich auch schon morgens wieder aus Dreary Hills abgereist. Ich habe den ganzen Nachmittag auf der Couch gelegen, dann einen kurzen Spaziergang gemacht – so gegen sieben – und bin dann früh zu Bett.

Broody: Haben Sie dabei jemanden getroffen, hat Sie jemand gesehen, kann das jemand bestätigen?

Th.D.: Nein, ich fühlte mich, wie gesagt, nicht gut. Tja, ich denke, dann habe ich wohl kein Alibi.

Broody: Ach übrigens, haben Sie einen Schlüssel zu dem Cottage?

Th.D.: Selbstverständlich, Inspektor. Ich bezahle es schließlich.

„Glauben Sie wirklich, dass jemand so naiv sein kann, Sir?", fragt Sergeant Slim nachdenklich, als sie zurück zum Wagen gehen. Inspector Broody unterdrückt ein Lächeln. „Ich glaube nicht, Sergeant, ich ermittle."

Die Mutter: Jennifer Pritchard

Lydia Pritchards Mutter wohnt in einer heruntergekommenen Einzimmerwohnung und reagiert auf die Nachricht vom Tod ihrer Tochter erschüttert, aber ohne Tränen.

Broody: Wann haben Sie Ihre Tochter zuletzt gesehen, Mrs. Pritchard?

J.P.: Das muss so vor drei Jahren gewesen sein. Das ist ja hier alles nicht gut genug gewesen für unsere Lydia.

Broody: Wussten Sie, dass Ihre Tochter ein teures Cottage in Dreary Hills bezogen hat?

J.P.: Sehen Sie! Sie konnte immer gut für sich selbst sorgen.

Broody: Was war sie für ein Mensch?

J.P.: Sie konnte jeden um den Finger wickeln, ja, das konnte sie schon immer. Sie kriegte, was sie wollte. Teure Kleider, Champagner, nur das Beste für unsere Lydia. Und sie wusste, wie man es kriegt, da kannte sie nichts.

Broody: Können Sie sich vorstellen, wer einen Grund hätte, Ihre Tochter zu ermorden?

J.P.: Sie meinen, abgesehen von all den Frauen, denen sie den Mann ausgespannt hat, und den ganzen Männern, die sie ausgenommen hat?

Krimi-Autorinnen und ihre Berufe

Die Autorinnen der englischen Landhaus-Krimis haben die unterschiedlichsten Berufe ausgeübt, bevor sie anfingen, Bücher zu schreiben. Testen Sie Ihr Wissen!

Welche Autorin und welche Tätigkeit gehören zusammen?

1. Ngaio Marsh
2. Agatha Christie
3. P.D. James
4. Minette Walters
5. Caroline Graham
6. Ann Granger
7. Ruth Rendell

a. diplomatischer Dienst
b. Redakteurin für Frauenmagazine
c. Journalistin
d. Dienst in der Marine
e. Krankenpflegerin & Apothekerin
f. Malerin & Schauspielerin
g. Beamtin im Innenministerium

Lösung: 1f, 2e, 3g, 4b, 5d, 6a,7c

Erste Schlussfolgerungen

Wenn Sie gut aufgepasst haben, dann können Sie jetzt folgende Fragen beantworten.

1. Warum hat der Hund zwischen dem Zeitpunkt des Todes von Lydia und 19.40 Uhr nicht gebellt?
   a) weil der Mörder ihn mit der Champagnerflasche bewusstlos geschlagen hat
   b) weil er den Mörder kannte
   c) weil er in der Zeit gefressen hat und abgelenkt war

2. Wer war die junge Frau, die von den Buckets bei Lydia Pritchard gesehen wurde?
   a) eine Freundin aus London
   b) Mrs. Fitzroy
   c) die Buckets haben sich geirrt

3. Warum fehlte der Champagner?
   a) der Mörder hat ihn mitgehen lassen
   b) Lydia hat den Champagner verschenkt
   c) der Mörder hat ihn zusammen mit Lydia getrunken

Auflösung

1. Wenn der Hund mit der Champagnerflasche k.o. geschlagen worden wäre, hätte er mindestens eine schwere Gehirnerschütterung davongetragen. Das hätte man ihm anmerken müssen. Dass ein Hund sich durch Futter davon abhalten lässt, sein Frauchen zu verteidigen, ist ebenfalls unwahrscheinlich. Am wahrscheinlichsten ist, dass der Mörder mit dem Hund vertraut war.

2. Mrs. Fitzroy kann es nicht gewesen sein, denn sie hat keine langen Haare. Eine Freundin aus London könnte es gewesen sein. Aber auch Jeremy Dalton ist gerade aus China zurückgekehrt und es ist anzunehmen, dass er sich gleich auf den Weg machte, um seinen Hund wiederzusehen. Da er außerdem lange Haare hat, können sich die Buckets durchaus getäuscht haben.

3. Lydia Pritchard hatte bei der Obduktion kein Alkohol im Blut und einen leeren Magen, kann daher den Champagner nicht getrunken haben. Dass Lydia den Champagner verschenkt, scheint in Anbetracht ihres Hangs zum Luxus unwahrscheinlich. Außerdem hatte sie keine Gelegenheit dazu.

Neuigkeiten

Auf dem Weg aus Southampton heraus nimmt Inspector Broody einen Anruf von Constable Harding entgegen. Sergeant Slim erkennt sofort an seiner Miene, dass es sich um eine wichtige Nachricht handeln muss. „Gibt's was Neues, Sir?", fragt er neugierig, nachdem Broody das Gespräch beendet hat. „Ein Nachbar will gesehen haben, wie gestern Abend jemand vor Lydia Pritchards Tür gestanden hat. Leider hat er die Person nur von hinten gesehen. Vermutlich eine Frau, schulterlange Haare. An die genaue Uhrzeit erinnert er sich auch nicht, könnte aber zur Tatzeit gewesen sein." „Dieselbe Frau, die auch die Buckets schon beobachtet haben?", mutmaßt Sergeant Slim. „Ich denke eher an einen jungen Mann", antwortet Inspector Broody. „Fahren Sie hier raus, Sergeant, wir machen einen Abstecher nach Oxford."

Jeremy Dalton

Inspector Broody und Sergeant Slim finden Jeremy Dalton in Oxford, wo er sich ein Haus mit drei Mitbewohnern teilt. Er wirkt blass und unglücklich.

Broody: Sie waren letzte Woche bei Miss Pritchard in ihrem Cottage in Dreary Hills. Warum?

J.D.: Es ist nicht ihr Cottage. Und ich war da, weil ich Uncle Sam sehen wollte.

Broody: Uncle Sam?

J.D.: Meinen Hund.

Broody: Warum hatte Miss Pritchard denn Ihren Hund?

J.D.: Mein Vater hat mich ein Jahr nach China abgeschoben und den Hund konnte ich nicht mitnehmen. Ich habe ihn bei meinem Vater gelassen, aber der hat ihn dann hinter meinem Rücken an Lydia weitergegeben.

Broody: Er hat Ihnen nichts davon gesagt?

J.D.: Nein. So ist er eben. Seine Handlungen werden niemals in Frage gestellt, schon gar nicht von ihm selbst.

Broody: Und warum haben Sie Ihren Hund nicht wieder mitgenommen?

J.D.: Weil ich noch eine Woche an einem Workshop teilnehmen wollte und ihn dahin nicht mitnehmen konnte. Wir haben vereinbart, dass ich ihn danach abhole.

Broody: Danach? Wann genau?

J.D.: Ähm. Gestern.

Broody: Und warum haben Sie ihn nicht abgeholt?

J.D.: Sie war nicht da.

Broody: Wann genau waren Sie denn bei ihr?

J.D.: Gestern Abend kurz vor sieben. Ich habe geklingelt, aber sie hat nicht aufgemacht.

Broody: Und dann?

J.D.: Ich dachte, sie ist vielleicht noch mit dem Hund spazieren und habe eine halbe Stunde gewartet. Aber sie kam nicht.

Broody: Und da sind Sie einfach wieder gefahren?

J.D.: Dann bin ich wieder gefahren, ja. Stocksauer.

Broody: Und dann haben Sie die Sache auf sich beruhen lassen?

J.D.: Sie ist nicht ans Telefon gegangen. Mein Vater wusste auch nichts. Was sollte ich machen?

Broody: Mr. Dalton, Sie lügen. Wir haben Zeugen, die gesehen haben, wie Lydia Pritchard Sie ins Haus gelassen hat.

J.D.: Das ist unmöglich! Ich bin hinten ... oh.

Broody: Die Balkontür war offen?

J.D.: Ja, die Balkontür war offen. Als niemand öffnete, bin ich hinten rum. Da habe ich Lydia da liegen sehen. Aber sie war schon tot, das müssen Sie mir glauben.

Broody: Und Ihr Hund?

J.D.: Der war im Arbeitszimmer eingesperrt. Ich habe hin- und herüberlegt, was ich machen sollte. Ich dachte, niemand würde mir glauben, wenn ich die Polizei rufe – schließlich habe ich gute Gründe, sie loswerden zu wollen. Und meinen Hund konnte ich auch nicht mitnehmen, das wäre ja ebenfalls verdächtig gewesen. Also habe ich meinen Hund gefüttert und mich ein bisschen um ihn gekümmert, dann habe ich alles saubergemacht, was ich angefasst habe, habe die Balkontür verschlossen und bin vorne raus. Aber ich habe sie nicht ermordet.

Broody: Aber Sie haben den Champagner mitgenommen!

J.D.: Welchen Champagner?

 Woher wusste Inspector Broody, dass Jeremy Dalton lügt?

Die Auflösung

Zwei Tage und mehrere Verhöre später sitzen Inspector Broody und Sergeant Slim im Büro und können zufrieden die Akte schließen. „Also ich hätte auf Thomas Dalton getippt", gesteht Sergeant Slim. „Es sprach ja auch vieles gegen ihn", antwortet Inspector Broody. „Nachdem Peter Boyle am Sonntagmorgen bei Lydia Pritchard hereingeplatzt war und ihr eine Szene gemacht hatte, wusste Dalton, dass sie ihn betrog. Deshalb reiste er ab. Aber er hätte auch ganz anders reagieren können." „Und Peter Boyle ebenfalls!", fährt Sergeant Slim fort. „Aber er hat es dabei bewenden lassen, ihr den Sponsor zu vergraulen." Inspector Broody seufzt. „Beide haben viel mehr verloren als Mrs. Davies. Aber die konnte es nicht ertragen, dass eine junge und hübsche Frau ihr den ersten Preis wegschnappte, von dem sie glaubte, dass er ihr zustand." „Weil sie sich doch so in der Gemeinde engagiert", fügt Sergeant Slim hinzu." „Jaja", sagt Inspector Broody und betrachtet gedankenverloren eine Amsel, die auf einem Baum vor seinem Fenster sitzt und sich putzt, „es ist wirklich seltsam, welche Bedeutung manche Dinge im Leben einiger Menschen erlangen können. Der erste Preis für den schönsten Schal auf einem Dorffest – meine Güte." „Verletzte Eitelkeit, Sir?", überlegt Sergeant Slim. „Aber dass sie nach der Ermordung von Miss Pritchard auch noch den Champagner mitgenommen hat – das finde ich wirklich armselig." Als Inspector Broody darauf nicht antwortet, fügt er verlegen hinzu: „Woher wussten Sie eigentlich, dass Jeremy Dalton gelogen hat?" „Er sagte, dass er gegen sieben bei Lydia geklingelt hat. Da war sie schon tot. Und wir wussten, dass der Hund in der Wohnung war. Er hätte ganz sicher in so einer Situation gebellt – zumal wenn sein „richtiges" Herrchen vor der Tür steht. Und wenn er gebellt hätte, wie hätte Jeremy dann denken können, Lydia sei mit dem Hund spazieren? Und außerdem hätte man Jeremys Anrufe auf dem AB finden müssen." „Hatten Sie mal einen Hund, Sir?" „Nein, Sergeant!" Inspector Broody grinst zufrieden. „Ich bin einfach nur ein guter Ermittler."